SCOOBY-DOO! et toi

Trouve les indices

LE MYSTÈRE DU MONSTRE MARIN

James Gelsey

Texte français de Marie-Carole Daigle

WORLDWIDE PUBLISHING™

Les éditions Scholastic

Copyright © Les éditions Scholastic, 2002, pour le texte français.
Tous droits réservés.

Illustrations de Duendes del Sur.
Conception graphique de Madalina Stefan.

ISBN 0-7791-1568-6

Titre original : Scooby-Doo! and you :
A Collect the Clues Mystery – The Case of the Seaweed Monster.

Édition publiée par Les éditions Scholastic,
604, rue King Ouest, Toronto (Ontario) M5V 1E1.

6 5 4 3 2   Imprimé au Canada   06 07 08 09

Un coup d'œil à ta montre te dit que tu vas être en retard. Tu te mets à courir, en essayant de ne pas bousculer les passants. Au coin, tu t'arrêtes net.

Une longue file de gens occupe le trottoir. Comme tu t'apprêtes à la contourner, quelqu'un t'appelle. Cherchant du regard, tu vois Daphné en tête de file, qui te fait signe.

— Dépêche-toi, c'est à notre tour! crie-t-elle.

Tu cours à toute vitesse rejoindre Daphné, Fred, Véra, Sammy et Scooby-Doo.

— Suivants! crie une voix de l'intérieur.

1

— Eh, c'est à nous! s'exclame Sammy.
Allons-y, Scooby-Doo.

Avant que personne n'ait le temps de
bouger, Scooby et Sammy se ruent à
l'intérieur.

Tu suis Fred, Daphné et Véra dans le
restaurant, en regardant aux alentours.
L'endroit n'est pas très grand. À gauche,
sont alignées une dizaine de tables rondes.
À droite, il y a un comptoir de service. Un
serveur vous dirige vers une table du fond.

Tout en marchant, Daphné se retourne
pour t'expliquer.

— On sert ici les meilleures soupes en ville,
dit-elle. Et il n'y a pas de menu. Ils nous
apportent toutes sortes de soupes, l'une après
l'autre, tant qu'on en veut.

— Bon, c'est bien beau, Daphné, mais que
servent-ils d'autre? demande Sammy.

— C'est tout, Sammy, répond Daphné. Rien
que de la soupe.

— Tu veux dire que les gens font la file ici
pour un simple bol de soupe? demande
Sammy.

— Tu sais, Sammy, les gens sont prêts
à faire la file dès qu'il y a quelque chose de

spécial, répond Véra. C'est comme l'autre jour, au Super Aquarium...

— Oh, ne parle pas de ça! rouspète Sammy.

Le serveur dépose un bol de soupe devant Scooby.

— Sauve-qui-peut! crie Scooby avant de plonger sous la table.

— Qu'est-ce qui se passe, Scooby? demande Daphné.

Scooby sort la queue de sous la table. Elle se transforme en flèche pour pointer vers la soupe.

— Mais ce n'est qu'un bol de soupe au chou chinois, dit Véra.

— Oh non, ce ne sont pas des lanières de chou, mais des algues! s'exclame Sammy. Attention, Scooby, j'arrive!

Et il plonge sous la table à son tour.

Fred, Daphné et Véra sourient en hochant la tête.

— Ils font ça pour rire, dit Daphné. Cette soupe leur rappelle notre dernière énigme.

— C'était pas mal intéressant, poursuit Fred. Je crois bien que tu aurais adoré nous donner un coup de main.

— Tu le peux toujours, tu sais, propose Véra. Tiens, lis notre carnet d'indices et tu verras si tu aurais pu résoudre l'énigme.

Véra tire un calepin de sa poche.

— Tout ce que tu dois savoir est noté ici, dit-elle. Je le sais, car c'est moi qui ai pris les notes, cette fois.

— Souviens-toi que le signe 👁 👁 signale que tu viens de croiser un suspect, explique Daphné.

— Et la 🔦 signifie que tu viens de trouver un indice, poursuit Fred. À la fin de chaque étape, nous te poserons quelques questions.

— Et garde ton propre calepin et un crayon à portée de la main. Bonne chance dans ton enquête sur *Le mystère du monstre marin!*

Section 1 du carnet d'indices

Nous venons d'arriver au Super Aquarium, où il y a un nouveau spectacle de dauphins. Nous restons quelques minutes dans la camionnette en attendant que la pluie cesse.

— Franchement, je n'arrive pas à croire que Scoob et moi, on a manqué le concours du plus gros mangeur de pizza chez Luigi, juste pour aller voir de stupides dauphins, marmonne Sammy.

— Permets-moi de te corriger, Sammy; on dit que les dauphins sont les mammifères les plus intelligents de la planète, dis-je.

— Ron-on! proteste Scooby.

— Scooby a raison, dit Sammy. Tout le monde sait que les mammifères les plus intelligents sont les *humains*. Pas vrai, Scoob?

Scooby fait signe que non.

— Dans ce cas, qui est plus intelligent que les dauphins et les humains? dis-je.

— Les rhiens! s'exclame Scooby, fier de lui.

— Oh, franchement! s'exclame Daphné en souriant. En tout cas, j'ai vraiment hâte de voir ce nouveau spectacle de dauphins. Il paraît qu'il y aura une statue de dauphin en or, fraîchement repêchée du fond de l'océan.

— Oui, j'ai lu quelque chose à ce sujet dans le journal, ajoute Sammy. On raconte qu'une ancienne tribu indigène des Caraïbes aurait jeté un mauvais sort à cette statue.

— J'ai lu ça, moi aussi, dit Daphné. Raison de plus pour aller voir!

— Ça y est, tout le monde. On dirait que la pluie s'est calmée, dit Fred. C'est le moment d'entrer.

Nous sortons de la camionnette et traversons le stationnement en courant pour nous rendre jusqu'à l'entrée. Sous l'auvent qui orne la façade, il y a une longue file de clients. La plupart portent un imperméable vert. Je sais que ces imperméables viennent de la boutique de l'aquarium, car je m'en suis moi-même procuré un à ma dernière visite. Dommage que je ne l'aie pas avec moi.

Alors que nous approchons, nous remarquons un homme vêtu lui aussi d'un imperméable vert. De bonne humeur, il

bavarde avec tous les visiteurs trempés autour de lui. En nous voyant approcher, il nous regarde et sourit.

— Bonjour! dit-il avec entrain. Bienvenue au Super Aquarium. Je suis Omer Lamer, le directeur. Je parlais justement à ces messieurs dames de notre nouveau spectacle de dauphins. Il faut vraiment voir ça.

— Je n'en suis pas sûr, répond Sammy. Cette statue en or dans le bassin des dauphins... elle est vraiment ensorcelée?

La question froisse Omer Lamer.

— Vous avez lu ça dans le journal, hein? Cet article est en train de détruire mon entreprise. Je crois que ça fait partie d'un complot pour me forcer à fermer l'aquarium!

— Qu'est-ce qui vous fait dire ça? demande Daphné. Est-il arrivé quelque chose?

M. Lamer jette un regard autour de lui pour s'assurer que personne n'écoute.

— Oui, répond-il. Des choses très étranges.

— Ça alors, répond Sammy. La malédiction du dauphin d'or!

— *Chhhhut!* fait M. Lamer d'un air implorant. Ne parlez pas si fort! Vous allez faire fuir les visiteurs.

Les amis et moi échangeons un regard complice : nous avons là une autre énigme à résoudre.

Une jeune femme vient alors se planter derrière nous.

— N'entrez pas! crie-t-elle. Faites n'importe quoi, mais n'y allez pas!

Nous nous retournons tous pour la regarder. Elle a de longs cheveux noirs tombant bien droit et les yeux foncés.

— Oh non, pas encore vous! lui lance M. Lamer. Pourriez-vous cesser de crier?

— Il n'en est pas question, répond la femme. Les gens ont le droit de savoir.

— De savoir quoi? dis-je.

— La vérité sur la façon dont Omer Lamer et son équipe exploitent les dauphins à des fins personnelles, répond-elle.

— Je ne comprends pas, dit Daphné.

— Laissez-moi vous expliquer, interrompt M. Lamer avant que la femme ne puisse répondre. Cette femme est Blanche Durivage, membre de la Ligue de défense des animaux marins. Elle croit que nous maltraitons les dauphins qui vivent à l'aquarium.

— Tout à fait, répond Blanche. Ils leur apprennent à chercher des objets dans la mer. Des trésors ensevelis et toutes sortes d'objets de valeur. Ensuite, lui et tous ses amis se remplissent les poches, tandis que les

dauphins se contentent d'un seau de petits poissons.

— Je suis persuadé que ces jeunes gens aimeraient beaucoup mieux aller à l'intérieur que de participer à cette discussion, dit M. Lamer.

Il glisse la main sous son imperméable pour atteindre la poche de son blouson. Il en sort plusieurs petites cartes.

— Tenez, c'est pour vous, dit-il en tendant les cartes. Ce sont des laissez-passer. Montrez-les aux agents de sécurité, et ils s'occuperont de vous. Bonne visite!

— Merci bien, M. Lamer, dit Fred en prenant les cartes. Allons-y, les amis.

Nous nous dirigeons vers l'entrée. En chemin, nous pouvons entendre Omer Lamer et Blanche Durivage qui se disputent :

— Je me moque de ce que vous dites, hurle Blanche. Et bientôt, vous ne pourrez plus continuer, c'est certain. S'il le faut, je trouverai moi-même le moyen de faire fermer cet aquarium!

Wow! Elle est vraiment en furie, pas vrai? Tu as sûrement vu l'indice des 👁 👁 dans cette section. Alors, ouvre ton carnet, prends un crayon ou un stylo et essaie de trouver le premier suspect en répondant aux questions qui suivent.

1. Quel est le nom du suspect?

2. Que fait le suspect à l'aquarium?

3. Pourquoi, à ton avis, Blanche Durivage est-elle fâchée contre Omer Lamer?

Tu as tout bien noté? Continue ta lecture!

Section 2 du carnet d'indices

Une fois à l'intérieur, nous montrons nos laissez-passer à l'agent de sécurité. D'un signe de tête, il indique une porte métallique à côté du comptoir d'information.

— Par là, messieurs dames, dit-il. Si on vous demande qui vous êtes, montrez vos laissez-passer. Assurez-vous simplement de ne pas aller dans les sections réservées.

— Dites, comment savoir si une section est réservée? demande Sammy.

— Vous verrez de grandes affiches portant la mention « Réservé », dit l'agent avec un grand sourire. Bonne visite!

— Merci, dis-je. Allons-y, les amis.

Passant par la porte métallique, nous nous retrouvons dans un corridor vivement éclairé. Un long escalier descend vers une autre porte. Nous passons par cette porte. Puis, en regardant autour de moi, je m'écrie :

— Wow! Je n'arrive pas à y croire!

Devant nous, il y a un immense mur transparent. De l'autre côté se trouve un énorme réservoir d'eau.

— Ouais, je n'ai jamais vu une aussi grosse piscine intérieure, dit Sammy.

— Ce n'est pas une piscine intérieure, Sammy, dit Daphné. C'est le bassin des dauphins.

Nous levons les yeux et... trois dauphins nagent vers nous!

— En fait, ce vitrage a plusieurs centimètres d'épaisseur, dit Omer Lamer en s'approchant. Il n'y a vraiment aucun risque que l'eau ou les dauphins ne passent au travers.

Scooby rampe vers le bassin. Il s'en
approche jusqu'à se coller les pattes avant
et le museau contre la vitre. Soudain, un
dauphin nage vers lui et se colle le nez sur la
vitre, lui aussi.

— Sauve-qui-peut! crie Scooby en reculant
d'un bond.

— Du calme, Scooby, dis-je. Il ne veut que
s'amuser. Voilà une autre preuve que les
dauphins sont plus intelligents que les chiens.

— Qu'avez-vous fait de Mme Durivage?
demande Daphné.

— J'en avais assez d'écouter ses bêtises, dit M. Lamer. J'ai décidé de rentrer. Chose certaine, je n'ai pas fini d'entendre parler d'elle.

— M. Lamer, est-ce bien une personne qui se trouve là, dans le bassin des dauphins? dis-je.

Nous nous approchons tous pour mieux voir. On distingue une silhouette dans l'eau.

— C'est mon assistant, Roch Delisle, dit Omer. Il met la touche finale à notre nouveau décor.

Le personnage en question se met alors à gesticuler. Puis il nage en rond, un dauphin à ses trousses. D'un grand geste du bras, il tente d'attraper un des dauphins. Finalement, il abandonne et nage jusqu'à l'autre bout du bassin. Peu de temps après, on entend un sifflement.

— C'est le sas, explique M. Lamer. Il y a une pièce étanche entre le bassin et la salle où nous sommes. Roch y entre, puis il ferme la porte. Un mécanisme se met alors à pomper l'eau et à injecter de l'air. Lorsque la deuxième porte s'ouvre, on entend un sifflement.

Au même moment, Roch Delisle sort du sas.

— Cette fois, c'est terminé! J'en ai assez! crie-t-il à l'intention de M. Lamer. Ces dauphins veulent ma peau!

— Mais non, Roch, ils ne veulent pas ta peau, répond calmement M. Lamer. Ils ont simplement envie de s'amuser.

— Je m'en moque, répond Roch d'un ton plaintif. Ils me traitent aussi mal que vous. Je travaille ici depuis huit ans et j'en ai assez d'être encore obligé de nettoyer les aquariums et de faire l'entretien sous l'eau. Je ne veux plus avoir ces dauphins dans les pattes. Je me moque du nombre de trésors que ces têtards géants ont pu trouver, je n'en supporterai pas davantage!

— Euh, Roch, tu ne devrais pas t'énerver comme ça, dit M. Lamer. Que dirais-tu d'un petit entretien, seul à seul?

— Les petits entretiens, c'est terminé! lance Roch. Il va falloir que les choses changent, ici. Sinon, ça va faire mal! Vraiment mal!

Roch sort une carte blanche de sa poche et la glisse dans un boîtier fixé à côté d'une porte. Celle-ci est surmontée d'un panneau portant la mention « Réservé ». On entend un déclic. Roch pousse la porte, puis la claque derrière lui.

— Quand il parle de « trésors », est-ce qu'il fait référence au dauphin en or? demande Fred.

— Eh bien, les jeunes, je vais devoir vous expliquer une ou deux petites choses! répond Omer en soupirant.

Assez impressionnant, pas vrai? As-tu bien vu le signe des 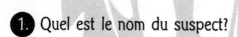? Parfait! Ouvre ton carnet et réponds aux questions qui suivent.

1. Quel est le nom du suspect?

2. Que fait-il à l'aquarium?

3. Pourquoi, à ton avis, est-il tellement fâché contre Omer Lamer?

Tu as tout bien noté? Continue ta lecture afin de voir ce que M. Lamer a à dire.

Section 3 du carnet d'indices

Omer Lamer montre du doigt le bassin des dauphins.

— Si vous regardez attentivement, vous verrez quelque chose au milieu du bassin, dit-il.

Nous nous rapprochons du vitrage et tentons de voir ce qu'il nous montre.

— Oui, je crois que je vois quelque chose, dit Daphné.

— Mais non, ce n'est qu'un dauphin, dis-je.

— Vous avez tous deux raison, fait M. Lamer. C'est bien un dauphin. Mais il est en or massif.

— Le fameux dauphin en or? demande Sammy. En or 14 carats?

— En fait, c'est du 18 carats, dit quelqu'un derrière nous.

Nous nous retournons. Devant nous se tient un homme aux lunettes rondes, très épaisses, portant un sarrau de laboratoire.

— Ah, professeur Piedmont, dit M. Lamer. Le professeur Piedmont est spécialiste

en dauphins; c'est notre delphinologue invité. Ces mots font grimacer le professeur Piedmont.

— Tout de même, Omer, je suis plus qu'un simple delphinologue, dit-il. Vous oubliez que c'est moi qui ai découvert le dauphin d'or.

— Erreur, corrige M. Lamer. Ce sont *les dauphins* qui l'ont trouvé.

— Seulement parce que je les ai entraînés à chasser les trésors, poursuit le professeur. Par ailleurs, le plan dont vous aviez besoin pour le trouver était en ma possession.

— C'est vrai, mais l'expédition a été financée par le Super Aquarium, réplique M. Lamer. Nous vous avons embauché seulement pour une période de courte durée. Vous êtes arrivé il y a à peine quelques mois.

— Et ces mois ont été les plus importants de toute l'histoire de cet aquarium! s'écrie le professeur.

Il est clair que le professeur Piedmont et Omer Lamer sont en train de se disputer.

— Permettez-moi, Professeur, dis-je pour changer le cours de la conversation. Est-il exact que les dauphins sont les mammifères les plus intelligents de la planète?

— Évidemment, Mademoiselle, répond M. Piedmont. C'est pourquoi je m'intéresse à eux. C'est aussi la raison pour laquelle ils ont pu trouver le trésor. Et ça explique pourquoi mes efforts devraient être davantage récompensés.

— C'est donc cela? demande M. Lamer. Vous voulez votre part du dauphin d'or? Je vais vous dire une chose, Professeur. Le dauphin d'or n'est pas à vendre. Il continuera de faire partie de la collection permanente de notre aquarium. Et si ça ne vous plaît pas, je vous invite à chercher du travail ailleurs!

Omer Lamer tourne brusquement les talons et s'en va.

— Il ne sait pas à qui il a affaire, marmonne M. Piedmont.

— Si je peux me permettre, demande doucement Daphné, pourriez-vous me dire ce que le dauphin en or a de si spécial?

— À part le fait qu'il soit en or massif, poursuit Fred.

— Selon la légende, il aurait plus de 300 ans, explique le professeur. C'était le porte-bonheur d'une ancienne tribu des Caraïbes. Malheureusement, une bande de pirates s'en est emparé. Ceux-ci voulaient d'abord le vendre, mais ils l'ont finalement jeté par-dessus bord, au milieu de l'océan, lorsqu'ils ont su que les indigènes lui avaient jeté un sort.

À ces mots, Sammy et Scooby se mettent à chercher la sortie!

— Euh, avez-vous bien d-d-dit un « sort »? demande Sammy, inquiet. C'est donc vrai?

— Oui, la légende dit : quiconque s'en emparera sera à jamais hanté par un mystérieux monstre marin. Mais moi, je ne crois pas à ces histoires. Je crois cependant que tout travail mérite sa juste récompense. Écoutez bien ce que je vous dis : Omer Lamer a intérêt à me donner ce qui me revient, sinon gare à lui! Maintenant, je vous prie de m'excuser, mais je dois y aller.

Le professeur Piedmont part. Il prend dans sa poche une carte d'accès qu'il fait glisser dans un verrou électronique.

— Mesdames et Messieurs, dit une voix au haut-parleur, le spectacle de dauphins commencera dans cinq minutes.

— Bon, les amis, dit Fred. Sortons d'ici et allons voir ce spectacle.

— On pourrait faire un petit arrêt au casse-croûte, propose Sammy. La natation, ça me donne toujours faim.

— Mais tu n'as pas nagé, s'étonne Daphné.

— C'est vrai, mais j'ai regardé les dauphins le faire, rétorque Sammy. C'est bien assez pour que j'aie un petit creux!

Le coup de pouce de Fred

J'imagine que tu as vu le signe des 👁 👁? Très bien! Il ne te reste qu'à répondre aux questions qui suivent dans ton carnet d'indices.

1. Quel est le nom du suspect?

2. Quel est son lien avec le Super Aquarium?

3. Pourquoi, à ton avis, est-il tellement fâché contre Omer Lamer?

Tu as terminé? Continue ta lecture pour connaître la suite.

Section 4 du carnet d'indices

Nous quittons la salle du bassin et
retournons sur nos pas. Une fois dans
le hall d'entrée, nous suivons les indications
pour nous rendre au spectacle de dauphins.
Nous passons sous une arche pour parvenir
à l'amphithéâtre extérieur. Nous montrons nos
laissez-passer à un employé. Il nous mène vers
des sièges réservés, juste à l'avant, et nous
remet cinq petits paquets verts.

— Riam! s'écrie joyeusement Scooby.

Il déchire l'emballage et en sort... un grand imperméable vert.

— Ruoi? demande Scooby.

— C'est un imperméable, Scooby, dis-je. C'est pour nous protéger des éclaboussures que pourraient faire les dauphins pendant le spectacle.

Après avoir enfilé les imperméables, nous regardons autour de nous.

— Wow! s'exclame Daphné. Vu d'en haut comme ça, le bassin des dauphins semble encore plus grand.

C'est bien vrai. D'en bas, on ne voit que partiellement le fond du bassin. Mais une fois dans les gradins, on a une vue plongeante. Il est sûrement aussi grand qu'un terrain de football. À une extrémité, on a aménagé un long quai où se tiennent les entraîneurs de dauphins.

— Mesdames et Messieurs, bienvenue au Monde des dauphins du Super Aquarium! dit la voix forte du haut-parleur. Voici la famille royale des dauphins!

Les trois dauphins du bassin s'élancent hors de l'eau et planent dans les airs avant

de replonger dans une pluie d'éclaboussures,
dont nous sommes aspergés.

— Et alors, es-tu content de ne pas avoir
mangé ton imperméable? demande Daphné
à Scooby, le sourire aux lèvres.

Le spectacle se poursuit pendant plusieurs
minutes. Au haut-parleur, la voix annonce
chaque prouesse. Les entraîneurs dirigent les
dauphins avec des gestes de la main ou du
bras. Ensuite, les dauphins passent à travers
des cerceaux, jouent au ballon-panier et font
toutes sortes de sauts, de pirouettes et de
facéties.

— Nous allons maintenant vous présenter
le tout dernier membre de la famille royale des
dauphins, annonce la voix. Il a été découvert
par ses cousins dans la mer où il était resté

prisonnier. Mesdames et Messieurs, voici le
« Dauphin d'or »!

Une énorme fontaine fait irruption du
centre du bassin. Les trois dauphins forment
un grand cercle, sans s'arrêter de nager. Une
forme semble émerger lentement de l'eau. On
la distingue mal, à cause des jets d'eau et des
éclaboussures, mais on dirait qu'il s'agit du
dauphin d'or.

— Hé! Il y a quelque chose qui bouge sur
le dauphin d'or! fait remarquer Fred.

— On dirait un gros tas d'algues enchevêtrées, dis-je.

— Franchement, ils pourraient au moins nettoyer leur statue avant de la montrer aux gens, proteste Sammy.

Au même instant, la masse d'algues se met à bouger. L'assistance pousse un cri d'effroi.

Les algues se mettent ensuite à monter lentement jusqu'à ce qu'elles atteignent le sommet de la statue. Le tout ressemble maintenant davantage à un monstre marin qu'à un simple paquet d'algues.

Le monstre promène son regard sur l'assistance avant de rugir bruyamment.

— *Aaaaaaaaahhhhhhhhhrrrrrrr!* rugit-il d'une épouvantable voix éraillée qui remplit l'amphithéâtre. Libérez le dauphin d'or, sinon il va y avoir un malheur!

— Ça alors! s'exclame Sammy. Mais elles parlent, ces algues! On lui a vraiment jeté un sort? Sauve-qui-peut, Scooby!

— R'wouf! répond Scooby.

Tous deux s'apprêtent à fuir, mais il est déjà trop tard. Tous les autres spectateurs ont eu la même idée. C'est la cohue. Omer Lamer s'élance alors sur le quai et tente de retenir les gens qui s'enfuient en hurlant.

— Attendez! Attendez! supplie-t-il. Cela fait partie du spectacle. Revenez, je vous en prie!

Mais il est trop tard. Tous les spectateurs ont fui. Lorsque nous nous retournons vers le dauphin d'or, nous constatons que le monstre marin a disparu lui aussi.

Échangeant un regard, Fred, Daphné et moi savons que nous sommes du même avis; M. Lamer ment. La détresse de son regard le trahit : l'apparition du monstre marin ne fait pas partie du spectacle.

— Hé, M. Lamer! crie Fred. Ne vous en faites pas. L'équipe de Mystères inc. va s'occuper de ce cas!

Section 5 du carnet d'indices

Il nous faut tout d'abord voir le dauphin d'or de plus près. Nous quittons nos sièges et prenons le corridor menant vers l'autre côté du bassin des dauphins. Omer Lamer est encore là et regarde autour de lui.

— Je n'arrive pas à y croire, soupire-t-il. Ça allait déjà mal depuis que les gens ont entendu parler de la malédiction associée au dauphin d'or. Mais s'il faut en plus que l'incident du monstre marin s'ébruite, c'en est fait de mon aquarium. Personne ne mettra les pieds dans un aquarium où se trouvent une statue ensorcelée et un monstre.

— En fait, vous lisez dans nos pensées, répond Sammy. Allons-y, Scooby-Doo. On s'en va.

— Oh non! C'est hors de question! dis-je. Nous aurons besoin de vous pour trouver les indices. C'est le moins que l'on puisse faire pour remercier M. Lamer de nous avoir offert des laissez-passer.

— Si vous n'avez pas d'objection, M. Lamer, nous aimerions inspecter les lieux, dit Fred.

— Certainement, pourquoi pas? répond M. Lamer. J'accepterai toute l'aide qui me sera offerte.

— Parfait, dit Fred. Daphné et moi allons vérifier si le monstre n'aurait pas laissé de traces par ici.

— Sammy, Scooby et moi, nous retournons en bas, dis-je. Si le monstre marin a grimpé sur la statue et laissé des indices dans le bassin, nous les verrons par le vitrage.

— Bonne idée, Véra, dit Daphné. Retrouvons-nous tous ici dès que possible.

— Allons-y, les gars, dis-je à Sammy et à Scooby.

— Sérieusement, est-ce qu'on ne pourrait pas faire un petit arrêt au casse-croûte avant de descendre? demande Sammy en quittant l'amphithéâtre. On n'y est pas allés avant le spectacle.

— On verra ça plus tard, dis-je. Pour l'instant, il y a des choses plus importantes à faire.

— Plus importantes que manger? Pour moi, le plus important, c'est de manger! riposte Sammy.

— C'est parce que tu penses avec ta panse, dis-je.

Nous descendons le petit escalier avant de passer par la porte métallique.

— Je vais voir s'il n'y aurait pas quelque chose de louche dans le bassin, dis-je. Vous deux, cherchez des indices.

Je me dirige vers le bassin et colle un œil à la vitre pour tenter de voir quelque chose. Les dauphins nagent comme si de rien n'était. La plate-forme sur laquelle est installé le dauphin d'or est aussi dans le bassin. Il n'y a rien d'autre à signaler.

— Avertissez-moi si vous trouvez quelque chose, dis-je en cherchant Sammy et Scooby du regard.

Je constate alors que mes amis ne sont plus à mes côtés : je ne les vois plus! Je me dis en soupirant qu'ils sont sans doute au casse-croûte.

Soudain, j'entends un bruit à l'autre bout du corridor. Un bruit sourd et mat. Comme j'avance dans le corridor, le bruit devient de plus en plus fort. J'entends ensuite des voix étouffées.

Au bout du corridor, j'arrive devant une porte close. Le bruit et les voix proviennent de derrière la porte.

— Oh non, dis-je. Sammy et Scooby sont dans le sas!

Comme la porte est dépourvue de poignée extérieure, je ne peux pas l'ouvrir. Je remarque un verrou électronique à côté de la porte. Elle s'ouvre donc nécessairement à l'aide d'une carte d'accès.

Je me dis qu'il y a sûrement un bouton d'urgence. En me hâtant, je finis par découvrir un petit bouton rouge. Je le presse, puis j'entends un sifflement et un déclic. La porte s'ouvre. Sammy et Scooby sortent en titubant.

— Fiou, ça fait plaisir de te revoir, Véra! lance Sammy, à bout de souffle.

— Que s'est-il passé? lui dis-je.

— Pendant qu'on était à la recherche d'indices, Scooby et moi, on a cru voir quelque chose là-dedans. On est donc entrés, puis la porte s'est refermée derrière nous. Ouf, j'ai eu la peur de ma vie!

Je remarque alors quelque chose de vert par terre. Je ramasse l'objet pour mieux l'examiner.

— Hé! c'est ça qu'on a vu! dit Sammy.

— R'est ruoi, re truc? demande Scooby.

— Je ne suis pas sûre, Scooby, lui dis-je.
On dirait une algue, mais elle semble en
plastique.  On dirait plutôt la pièce
d'un objet plus gros. À mon avis, nous venons
de trouver un premier indice. Allons le
montrer à Fred et à Daphné.

Dis, as-tu remarqué la  dans cette section? Tu ne pouvais pas la manquer, pas vrai? Maintenant, prends ton carnet d'indices et réponds aux questions.

1. Que vient-on de trouver comme indice?

2. À ton avis, quel est son lien avec le monstre marin?

3. Qui d'autre as-tu vu porter quelque chose ayant la même couleur et la même texture que cet indice?

Section 6 du carnet d'indices

Fred, Daphné et M. Lamer se trouvent sur le quai, au bout du grand bassin. Fred leur montre un objet qu'il tient dans sa main. Daphné lève les yeux et nous voit approcher. Elle nous fait signe de nous presser. Lorsque nous les rejoignons, Fred nous montre ce qu'il a trouvé.

— Bon, d'accord, vous avez trouvé une carte de crédit, dit Sammy. En quoi ça nous intéresse?

— Ce n'est pas une carte de crédit, Sammy, dit Daphné. C'est une carte d'accès. Et ce qui nous intéresse, c'est la porte qu'elle permet de déverrouiller.

— Daphné a raison, ajoute Fred. Nous l'avons trouvée par terre, près du bassin. Le monstre marin l'a sans doute échappée.

— Mais personne n'a vu le monstre marin sortir du bassin, leur dis-je. Comment aurait-elle pu arriver là?

— Nous croyons qu'il aurait pu la perdre pendant qu'il était dans l'eau, explique Daphné. Elle a peut-être été projetée sur le sol par les jets de la fontaine lorsqu'il est remonté, accroché à la statue.

— Mais bien sûr, dis-je. C'est tout à fait plausible.

— Bon, allez, arrêtez de nous faire attendre! s'impatiente Sammy. Où cette carte peut-elle nous permettre d'entrer?

— Au labo, en bas, répond M. Lamer. Et dans le sas.

— Hum, intéressant, dis-je. Et que dites-vous de cela, maintenant?

Je montre alors à Fred, à Daphné et à M. Lamer le morceau de plastique vert trouvé par Sammy dans le sas.

— Ma foi, on dirait un morceau des imperméables que nous vendons, dit M. Lamer.

— Imaginez maintenant un costume fait d'une multitude de petites lanières d'imperméable vert comme celle-ci, leur dis-je. Ça vous fait penser à quelque chose?

— Sapristi! s'exclame Sammy. Le monstre marin!

— Exact, Sammy, dis-je. Comment as-tu deviné?

— Je n'ai rien deviné, répond Sammy d'une voix terrifiée. Le monstre marin est là! Derrière vous!

Comme nous faisons volte-face, le monstre marin se précipite vers nous!

— Vite, tout le monde, crie Fred, sauvons-nous!

— Suivez-moi, dit M. Lamer en courant vers les gradins, de l'autre côté du bassin. Il nous entraîne dans un petit passage sous les estrades. Il nous fait ensuite descendre une longue série de marches. Nous passons finalement par une porte qui, à notre grande surprise, donne sur la salle d'accès au bassin, en bas.

— Dites donc, est-ce que tous les escaliers de cet endroit mènent ici? demande Sammy.

— Seulement ceux qui entourent l'amphithéâtre, répond M. Lamer. Cependant, ils sont presque tous camouflés et non accessibles aux simples visiteurs.

— S'il y a plus d'un escalier, dit Daphné, le monstre marin en a sûrement utilisé un autre pour venir nous surprendre.

— Je commence à y voir clair, dis-je. J'ai
l'impression que le bateau monté par ce
monstre marin va bientôt couler.

— Véra a raison, dit Fred. Les amis, c'est
le moment de lui tendre un piège.

Le coup de pouce de Daphné

Wow, il s'en est passé des choses, dans cette section! As-tu trouvé les deux  ? Super! Maintenant, ouvre ton carnet et réponds aux questions concernant les indices que tu as trouvés.

1. Quels indices as-tu trouvés?

2. Quel est leur lien avec le monstre marin?

3. Parmi les suspects, lesquels ont le plus souvent rapport avec les indices?

Oui, je sais, ce n'est pas facile, mais je te fais confiance. Maintenant, lis la section suivante pour savoir comment nous avons réussi à attraper le monstre marin.

48

Section 7 du carnet d'indices

Nous nous mettons d'accord sur une chose : la meilleure façon d'attirer le monstre marin est de continuer à présenter le spectacle de dauphins. Si le dauphin d'or revient en scène, le monstre reviendra sûrement lui aussi pour nous effrayer à nouveau. M. Lamer accepte de nous aider et va préparer les dauphins.

— Ça m'a vraiment l'air d'un bon plan,
dit Sammy. Mais il y a sûrement une attrape
quelque part.

— Il n'y a pas d'attrape, dit Daphné.

— Oh oui, dit Sammy en secouant la tête.
Il y a toujours une attrape. Et habituellement,
vous avez besoin de Scooby et moi pour qu'elle
marche...

— En fait, Sammy..., commence Fred.

— Et voilà! Qu'est-ce que je disais? se
lamente Sammy.

— J'aurai besoin de toi à l'autre bout du
bassin, dit Fred. Ainsi, lorsque le monstre
marin voudra s'enfuir dans cette direction,
nous n'aurons qu'à l'attraper en jetant ces
gros filets sur lui.

— Et roi? demande Scooby.

— Scooby, tu auras la partie facile, lui
dis-je. Tu n'auras qu'à courir un peu.

— Ruoi? demande Scooby en se campant
sur le derrière.

— Ce sera facile pour un chien courageux
comme toi, n'est-ce pas, Scooby? lui dit
Daphné.

— Pas restion, refuse Scooby.

Il montre son désaccord en croisant les pattes.

— Je sais comment lui redonner du courage, dis-je. Que dirais-tu d'un Scooby Snax?

Scooby se lèche les babines.

— R'accord! aboie-t-il.

Je lance un Scooby Snax en l'air. Scooby l'avale d'un trait.

M. Lamer s'approche alors de nous.

— C'est prêt, dit-il. Je serai de l'autre côté à m'occuper des dauphins.

— Parfait, dit Fred, je vais me cacher avec Sammy de l'autre côté, près des filets. Scooby, reste près de M. Lamer. Dès que le monstre marin se pointera, arrange-toi pour l'attirer dans notre direction.

— R'accord! répond Scooby, en faisant un salut militaire à Fred.

— Daphné et moi, nous nous installerons dans la section des sièges réservés et nous applaudirons, dis-je. Ainsi, le monstre marin croira qu'il y a vraiment un spectacle.

Tout le monde se met en place. Par le haut-parleur, on entend de nouveau une voix présenter le spectacle. Au signal de M. Lamer, les dauphins bondissent hors de l'eau. Chacun fait un double flip avant de replonger dans l'eau. Peu de temps après, l'eau commence à bouillonner, et des jets d'eau sont projetés dans les airs. Le dauphin d'or émerge lentement de l'eau. Daphné et moi applaudissons joyeusement.

Soudain, un bruit nous parvient de sous les gradins. Le monstre marin sort en courant d'une des portes de service. Levant ses bras chargés d'algues, il pousse un rugissement terrible.

— Sauve-qui-peut! crie Scooby.

Scooby se met à courir, le monstre marin à ses trousses. Dans sa course, Scooby perd pied en glissant sur le sol couvert d'éclaboussures. Il glisse jusqu'à la cachette

de Fred et Sammy. Le monstre marin perd lui aussi l'équilibre. Fred et Sammy lancent le filet dans sa direction, mais le monstre glisse si rapidement qu'ils manquent leur coup.

— Reuh..., s'inquiète Scooby. En même temps que le monstre marin, Scooby tombe en bas du quai. Ils atterrissent sur un petit tremplin donnant dans le bassin des dauphins.

PLOUF!

Scooby nage en petit chien, aussi vite que possible. Le monstre tente de l'attraper. Il est à deux doigts d'agripper la queue de Scooby, quand il est propulsé dans les airs.

Il retombe ensuite dans le bassin, pour être de nouveau propulsé dans les airs. Deux des dauphins jouent au ballon avec le monstre! L'autre dauphin porte secours à Scooby : il le fait monter sur son dos, puis le ramène sur le bord du bassin, en sécurité.

— Rerci! dit Scooby au dauphin.

Pendant que Daphné et moi courons vers eux, nous voyons un des dauphins faire virevolter le monstre dans les airs. Ce dernier fait un superbe vol plané, puis va s'échouer dans les filets entreposés à l'autre bout du bassin.

— Beau coup de filet! approuve Sammy.

Nous nous précipitons tous vers le monstre.

— Voyons maintenant qui se cache derrière ce masque, dit Fred.

— Ce fut toute une aventure, n'est-ce pas? s'exclame Daphné. Maintenant que tu as lu les notes du Carnet d'indices, je parie que tu peux résoudre l'énigme toi aussi.

— Prends ton carnet et relis tes notes, suggère Fred. Revois la liste des suspects afin de ne rien oublier.

— Ensuite, passe les indices en revue, poursuit Véra. Essaie de voir quels suspects pourraient avoir laissé chaque indice. Je suis certaine que tu trouveras rapidement la solution.

— Quand tu auras trouvé la solution, nous te dirons qui était vraiment au cœur de cette énigme, dit Daphné.

Si tu as trouvé le coupable, tourne la page!

— C'est Roch Delisle, annonce Véra. Et j'ai bien l'impression que tu l'as deviné, toi aussi.

— Tous les suspects avaient une bonne raison de vouloir faire fuir la clientèle du Super Aquarium, remarque Fred. Et ils semblaient tous avoir une bonne raison de vouloir se venger d'Omer Lamer. Voilà pourquoi il fallait vraiment se fier aux indices.

— Tu te souviens du premier indice? demande Daphné. Cette lanière de plastique vert avait été découpée dans un imperméable vendu à l'aquarium. En fait, le costume du monstre marin était entièrement fait d'imperméables.

— Sauf que chacun des suspects pouvait se procurer ce type d'imperméable, précise Fred. Même Blanche Durivage aurait pu en acheter un à la boutique de cadeaux.

— Et comme le professeur Piedmont et Roch Delisle travaillaient au Super Aquarium, ajoute Véra, ils pouvaient eux aussi en avoir en tout temps.

— La carte d'accès était notre deuxième indice, rappelle Daphné. Or, seulement un employé du Super Aquarium peut en avoir une. Voilà donc qui éliminait Blanche Durivage.

— Mais ça n'écartait pas les soupçons qui pesaient sur le professeur Piedmont et Roch, explique Fred. Il aura finalement fallu trouver le troisième indice pour que tout tombe en place.

— Le dernier indice consistait à savoir que des escaliers secrets menaient vers les salles du sous-sol. Seulement un employé de longue date pouvait le savoir, explique Daphné.

— Rappelle-toi que le professeur Piedmont n'était qu'un employé temporaire, dit Fred. Il ne restait donc que Roch Delisle.

— On dirait bien que tu as résolu une autre énigme passionnante, dit Véra.

— Excusez-moi, dit Sammy, mais il reste encore un point à éclaircir.

— Quoi donc? demande Daphné.

— Eh bien, j'aimerais savoir comment on pourrait convaincre les cuisiniers de ce restaurant de faire de la soupe à la pizza, pour Scooby et moi!

Tout le monde éclate de rire.

— *Rooby-rooby-roo!* aboie joyeusement Scooby-Doo.